Nota para los padres y encargados:

Los libros de *Read-it!* Readers son para niños que se inician en el maravilloso camino de la lectura. Estos hermosos libros fomentan la adquisición de destrezas de lectura y el amor a los libros.

 El NIVEL MORADO presenta temas y objetos básicos con palabras de alta frecuencia y patrones de lenguaje sencillos.

 El NIVEL ROJO presenta temas conocidos con palabras comunes y oraciones de patrones repetitivos.

 El NIVEL AZUL presenta nuevas ideas con un vocabulario más amplio y una estructura gramatical más variada.

 El NIVEL AMARILLO presenta ideas más elevadas, un vocabulario extenso y una amplia variedad en la estructura de las oraciones.

 El NIVEL VERDE presenta ideas más complejas, un vocabulario más variado y estructuras del lenguaje más extensas.

 El NIVEL ANARANJADO presenta una amplia de ideas y conceptos con vocabulario más elevado y estructuras gramaticales complejas.

Al leerle un libro a su pequeño, hágalo con calma y pause a menudo para hablar acerca de las ilustraciones. Pídale que pase las páginas y que señale los dibujos y las palabras conocidas. No olvide volverle a leer los cuentos o las partes de los cuentos que más le gusten.

No hay una forma correcta o incorrecta de compartir un libro con los niños. Saque el tiempo para leer con su niña o niño y transmítale así el legado de la lectura.

Adria F. Klein, Ph.D.
Profesora emérita, California State University
San Bernardino, California

Translation and page production: Spanish Educational Publishing, Ltd.
Spanish project management: Jennifer Gillis/Haw River Editorial

First Spanish language edition published in 2007
First American edition published in 2003
Picture Window Books
5115 Excelsior Boulevard
Suite 232
Minneapolis, MN 55416
1-877-845-8392
www.picturewindowbooks.com

First published in Great Britain by Franklin Watts, 96 Leonard Street, London, EC2A 4XD
Text © Penny Dolan 2000
Illustration © Leo Broadley 2000

Printed in the United States of America.

Library of Congress Cataloging-in-Publication
Dolan, Penny.
[Eight enormous elephants. Spanish]
Ocho elefantes enormes / por Penny Dolan ; ilustrado por Leo Broadley ; traducción de
Clara Lozano.
p. cm. — (Read-it! readers en español)
Summary: A boy asks to keep the mouse who made eight enormous elephants clean up
after themselves after they rampaged through the house.
ISBN-13: 978-1-4048-2653-3 (hardcover)
ISBN-10: 1-4048-2653-X (hardcover)
[1. Elephants—Fiction. 2. Mice—Fiction. 3. Stories in rhyme. 4. Spanish language
materials.] I. Broadley, Leo, ill. II. Lozano, Clara. III. Title. IV. Series.

PZ74.3.D65 2006
[E]--dc22   2006005119

Ocho elefantes enormes

por Penny Dolan
ilustrado por Leo Broadley
Traducción: Clara Lozano

Asesoras de lectura:
Adria F. Klein, Ph.D.
Profesora emérita, California State University
San Bernardino, California

Ruth Thomas
Durham Public Schools
Durham, North Carolina

R. Ernice Bookout
Durham Public Schools
Durham, North Carolina

PICTURE WINDOW BOOKS
Minneapolis, Minnesota

No fue ahorita, sino hace un ratito,

entraron ocho elefantes enormes por la puerta.

6

Rompieron el sofá y brincaron en las sillas.

Bailaron sobre la mesa

y se deslizaron escaleras abajo.

9

Jugaron con el agua y mojaron todo el baño.

Brincaron en las camas, y se rieron y se rieron.

Abrieron el armario y todos los cajones.

Patinaron y se deslizaron por toda la casa.

Yo les dije que se fueran,
pero ellos dijeron que no.
De repente una vocecita dijo…

—¡Arreglen el sofá y acomoden esas sillas!

—¡Limpien la mesa y barran las escaleras!

—¡Limpien el lavabo y sequen el baño!

—¡Quiero esa tina bien limpiecita!

—¡Tiendan las camas y cierren los cajones!

—¡Y limpien todas esas huellas!

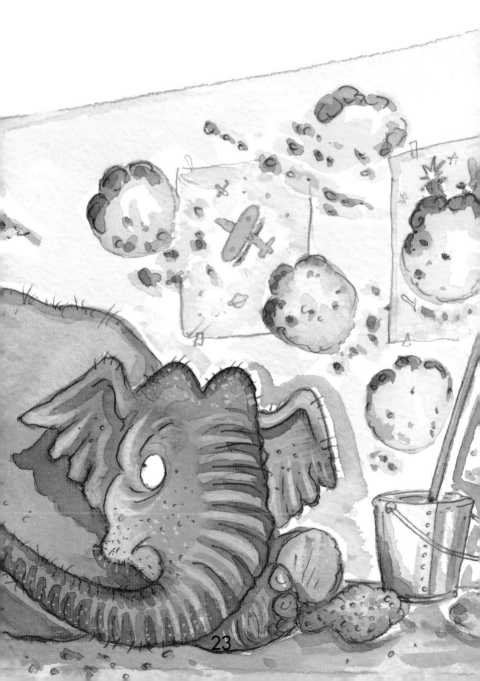

Cuando la casa estuvo tan limpia como antes…

los enormes elefantes salieron
bailando por la puerta.

Se fueron bailando y no dejaron rastro.

¡Pero esos enormes elefantes pueden regresar!

Mami, ¿puedo quedarme con este ratón que encontré hoy?

Más *Read-it!* Readers

Con ilustraciones vívidas y cuentos divertidos da gusto practicar la lectura. Busca más libros a tu nivel.

Gato Chivato	1-4048-2662-9
La pata Flora	1-4048-2661-0

FICCIÓN

El mejor almuerzo	1-4048-2697-1
Robi el robot	1-4048-2698-X
La princesa llorona	1-4048-2654-8
Los miedos de Mario	1-4048-2652-1
Mary y el hada	1-4048-2655-6
Megan se muda	1-4048-2703-X
¡Qué divertido!	1-4048-2651-3

CUENTOS DE HADAS

La Cenicienta	1-4048-2658-0
Los tres cabritos	1-4048-2657-2
Juan y los frijoles mágicos	1-4048-2656-4
Ricitos de Oro	1-4048-2659-9

¿Buscas un título o un nivel específico? La lista completa de *Read-it!* Readers está en nuestro Web site: *www.picturewindowbooks.com*